Andreas von Seggern

Ins Abseits dichten?

Fußball literarisch

WALLSTEIN VERLAG

Radek Drulak – für die Initiation

Sinnloser als Fußball ist nur das Reden über Fußball«. Martin Walsers Diktum über die vermeintliche Unvereinbarkeit zweier kultureller Phänomene – Marcel Reich-Ranicki sprach gar in diesem Zusammenhang von den »zwei feindlichen Brüdern Fußball und Literatur« – drückt all den kläglichen Dünkel aus, dem sich die weltweit populärste Sportart seit Jahrzehnten innerhalb intellektueller Diskurse ausgesetzt sieht. Umberto Eco etwa erblickt, angesichts absurder Auswüchse in seiner Heimat wohl nicht ganz abwegig, im Fußball den am »weitest verbreiteten religiösen Aberglauben unserer Zeit«, während George Orwell diesen Sport grollend als »Krieg ohne Schießen« verleumdete. Einen Meilenstein für fußballverachtende Poeten hatte bereits 1880 Rudyard Kipling markiert, der verächtlich auf die »kleinen Seelen« herabschaute, »deren Hunger durch die verdreckten Idioten gestillt werden kann, die [den Fußball] spielen«.

Am robusten Spiel mit dem Ball prallten solch feindselige Strafpredigten jedoch mühelos ab. Seit der Entstehung des modernen Fußballs Mitte des 19. Jahrhunderts erlagen im Gegenteil mehr und mehr Literaten der Faszination dieses einfachen Spiels, das im Überschwang schon mal als »Sinnbild für das Ungewisse, für das Glück und die Zukunft« (Peter Handke) gedeutet wurde. Selbst eher gleichgültige Vertreter der Zunft kamen und kommen an einer Auseinandersetzung mit diesem Sport nicht mehr vorbei. Lassen wir also einige Höhen und Tiefen dieser ästhetischen Belege »Paroli laufen«, wie es das ›Kopfballungeheuer‹ Horst Hrubesch in unvergleichlicher Diktion artikulieren würde.

»Tsu-küh«, übersetzt »Einen Ball mit dem Fuß spielen«, so wird uns ein chinesischer Vorläufer des modernen Fußballspiels aus dem Jahre 2967 v. Chr. überliefert. Aus vielen Kulturen der Welt sind sehr frühe Ballspiele, in denen die Benutzung des Fußes eine zentrale Rolle einnahm, bekannt. Bei den Azteken etwa ist um 1000 v. Chr. ein Spiel belegt, dessen Ziel es war, einen massiven Kautschukball mittels Gesäß, Knie oder Hüfte durch einen steinernen Ring zu stoßen. Obwohl unsicher ist, ob in der griechischen und römischen Antike eine frühe Form des Fußballs gespielt wurde, sind doch zumindest Ballspiele zur militärischen Übung nachgewiesen. So zitiert Klaus Theweleit in seiner Studie »Tor zur Welt. Fußball als Realitätsmodell« den Dichter des römischen Nationalepos, Vergil: »Können wir das All nicht bewegen, so bewegen wir doch den Ball.«

Das Spielgerät als Gleichnis veränderlichen Weltgeschehens ist ein immer wiederkehrender Topos in der literarischen Welt. Thomas Morus war überzeugt, dass der Ball »die Welt in einen Fußball verwandeln könnte, wenn er dabei bestimmte Umstände berücksichtigen würde, und ausdrücken könnte, dass ›dieser runde rollende Fußball, auf dem Menschen gehen und Schiffe fahren, den Völkern keine Ruhe und Stabilität gibt‹.«

Auch das raue Klima der frühen Fußballspiele reizte mitunter Dichters Wort: Wie Camillo Peresio oder Domenico Bartoli den »calcio fiorentino«, so karikierte – ebenfalls im 17. Jahrhundert – der Prinzipal des frühneuzeitlichen Dramas, William Shakespeare, in seiner »Komödie der Irrungen« die vermeintliche Plumpheit des Spiels und lässt den Diener Dromio gegenüber Adriana klagen:

Bin ich so rund mit euch, als ihr mit mir,
Daß ihr mich wie 'nen Fußball schlagt und stoßt?
Hin und zurück nach Lust schlägt mich ein jeder,
Soll das noch lange währ'n, so näht mich erst in Leder.

Die spöttische Abwertung des Spiels durch den englischen Dichter ist evident und angesichts der rüden Sitten des englischen »Football« zu jener Zeit wohl auch verständlich.

Nachweislich seit dem 14. Jahrhundert trat man in größeren englischen Städten gegen den Ball. Die Mannschaften wurden von konkurrierenden Stadtvierteln gebildet, die häufig nur durch eine tief verwurzelte Abneigung verbunden waren. So hatte denn auch diese – noch zu Shakespeares Zeiten gespielte – Urform des Fußballs nur soviel mit der modernen Fassung zu tun, als dass gegen einen Ball getreten wurde, der in ein wie auch immer geartetes Ziel gesteuert werden musste. Keinerlei Spielregeln, Festlegung von Spielfeldern oder Spielanzahl dämpften den Spieltrieb, sodass Football Games nicht selten in wilde, mitunter brutale Raufereien ausarteten. Eines der bekanntesten wilden Fußballspiele wurde alljährlich im britischen Derby zwischen zwei städtischen Kirchgemeinden ausgetragen. Bis zu tausend Menschen beteiligten sich aktiv am Spiel, das oft mit Knochenbrüchen, im schlimmsten Fall gar mit tödlichen Verletzungen endete.

Nicht zuletzt diese raue Vergangenheit bestärkte den empfindsamen Oscar Wilde maßgeblich in seiner Überzeugung, dass »Fußball [...] ein durchaus passendes Spiel für harte Mädels«, jedoch kaum »für feinsinnige Knaben« sei.

In Deutschland gesellte sich zum Abscheu gegenüber der Rauheit noch der Einfluss der deutsch-nationalen Turnbewegung, die jegliche Infiltration germanischen Sportwesens durch das britische Empire als feindseligen Akt betrachtete. So wütete der entfesselte Turnlehrer Karl Planck in seiner Schrift »Fußlümmelei – Über Stauchballspiel und andere englische Krankheiten« im Jahre 1898 gegen den »lächerlichen, hässlichen und widernatürlichen Aftersport«, der nach seiner Überzeugung den Menschen durch das »Einsinken des Standbeins in die Knie, die Wölbung des Schnitzbuckels, das tierische Vorstrecken des Kinns [...] zum Affen« erniedrige. Zum Zeitpunkt dieser Polemik waren jedoch in den großen deutschen Städten längst die ersten ›Football-Clubs‹ gegründet. Was sich jedoch in England bereits im Zuge der ersten Professionalisierung und moderater Arbeitszeitverkürzungen in den 1880er Jahren immer stärker zum bevorzugten Sport der Arbeiterschicht entwickelte, blieb in Deutschland zunächst den bürgerlichen Eliten vorbehalten. Nur gutsituierte junge Männer konnten sich in der Pionierzeit die nötigen Utensilien – Trikot, Schuhe, oder gar einen Ball – leisten.

Erste organisatorische Strukturen entwickelten sich auf lokaler und regionaler Ebene; Wettbewerbe beschränkten sich in der Regel auf Spiele zwischen zwei Teams einer Stadt bzw. einer Provinz. Erst am 28. Januar 1900 – 37 Jahre nach Gründung der englischen ›Football Association‹ – wurde in Leipzig mit der Gründung des Deutschen Fußball-Bundes ein nationaler Dachverband geschaffen, dem zunächst 86 Vereine angeschlossen waren.

Der DFB versuchte in der Gründungsphase, den Kritikern aus der Turnbewegung durch betont deutsch-nationale Diktion den Wind aus den Segeln zu nehmen. Der Fußball sollte seinen eigenen, als spezifisch deutsch definierten Weg gehen. Dieser Gesinnungspatriotismus, der auch schon vor 1900 auf lokaler Ebene zu beobachten war, ist noch heute in den eigentümlich anmutenden Vereinsnamen wie Borussia, Germania, Preußen, Alemannia oder Viktoria dokumentiert. Zugleich versuchte man sich an einer deutschen Übersetzung der englischen Regelüberlieferung, was zu kuriosen Wortschöpfungen wie »ungehörig« – für »foul« –, »treiben« – für »dribbeln« – oder auch »unfein« – für »unfair« – führte.

Ganz im Sinne dieser patriotischen Ausrichtung sah sich der DFB in manchen Äußerungen geradezu als Untergliederung des deutschen Militärs, so beispielhaft im »Deutschen-Fussball-Jahrbuch« von 1913 ausgeführt:

> Selbst der Mensch kann nur im steten Ringen mit Andern, Besseren, Stärkeren zur Persönlichkeit reifen. Und doch rufen die Toren auch in unserem Lande: Krieg dem Kriege! Es wäre gefährlich, wenn ihr Werben im Volke Erfolg finden sollte. Verzichten wir jemals auf den ehernen Schiedsspruch der Waffen, dann gehen wir folgerichtig zugrunde. [...] Freuen wir uns, wenn im deutschen Land wieder eine stärkere Kampflust aufkommt, und heißen wir den größten Propheten dieser neuen Zeit, den Sport, willkommen.

In der deutschen Öffentlichkeit wurde dieser Sport freilich bis dahin kaum wahrgenommen, von literarischen Auseinandersetzungen keine Spur. So verloren sich beim ersten Endspiel um die Deutsche Meisterschaft 1903 zwischen dem VfB Leipzig und dem Deutschen Fußballclub Prag ganze 1.500 Zuschauer auf einem Exerzierplatz in Altona.

Erst kurz vor dem Ersten Weltkrieg begann sich der allmähliche Aufstieg zum Massenphänomen abzuzeichnen. So wurde der Fußball ab 1910 in die militärische Grundausbildung integriert. In seiner Diktion hatte der Sport im Englischen, noch viel stärker aber im Deutschen schon in der Frühzeit eine deutlich militärische Note. Bereits 1882 findet sich in einer Einführung des englischen Importsports eine in dieser Hinsicht entlarvende Interpretation:

> Zwei Parteien von gewöhnlich je elf Kämpfern befinden sich im Kriegszustande. Es handelt sich darum, einen grossen Lederball vermittels der Füsse auf feindliches Gebiet und womöglich in das Heiligtum des Feindes, den durch die beiden Pfähle gekennzeichneten ›Stand‹ zu bringen. Gelingt dies auf regelrechte Weise, so ist ein ›Stand‹ gewonnen, und die Anzahl der gewonnenen beziehungsweise verlorenen ›Stände‹ entscheidet über Sieg oder Niederlage. [...] Jede Partei

> [steht] unter einem ›Kapitän‹ respective Führer, der seine Kräfte über das Feld verteilt. In erster Linie, nahe dem zum erwartenden Ball, wird er einen oder zwei geschickte, ausdauernde und offensiv tüchtige Spieler stellen, dann wird das Gros seiner Armee folgen, er selbst sich in der Rückgarde derselben halten, um im Falle der Not wirksam einer drohenden Gefahr entgegenzutreten.

Diese fragwürdigen Qualitäten – die sich in Begriffen wie »Angriff«, »Verteidigung«, »Sturm« oder »Brechstange« bis heute im gängigen Vokabular der Sportberichterstattung erhalten haben – galt es seitens der Militärs nutzbar zu machen. Hinzu kamen die Zwänge der sogenannten »Gefechtsfeldrevolutionen«, die seit dem Krimkrieg militärtaktisch immer flexiblere Formationen hervorbrachten, denen das auf einer Kombination aus individueller Initiative und kollektivem Zusammenspiel beruhende englische Mannschaftsspiel mehr entsprach als das vorwiegend auf Disziplin und Präzision rekurrierende Turnen Friedrich Ludwig Jahns. Mit der Aufnahme in die Ausbildungspläne des Heeres kamen nunmehr auch junge Männer mit dem Fußball in Berührung, die zuvor nie etwas von diesem Sport gehört hatten. Ausgerechnet der Erste Weltkrieg brachte schließlich den endgültigen Durchbruch des Fußballs zum aktiven wie passiven Massenvergnügen in Deutschland.

Folgerichtig erfuhr der in Deutschland anfänglich überwiegend verschmähte Sport erst nach der »Urkatastrophe des 20. Jahrhunderts« literarische Aufmerksamkeit, zunächst von lyrischer Seite: Joachim Ringelnatz nahm den Fußball noch nicht wirklich ernst, verspottete 1919 jedoch zugleich die turnbewegte Aversion gegen den »Fußballwahn«:

> Der Fußballwahn ist eine Krank-
> Heit, aber selten, Gott sei Dank.

Ich kenne wen, der litt akut
An Fußballwahn und Fußballwut.
Sowie er einen Gegenstand
In Kugelform und ähnlich fand,
So trat er zu und stieß mit Kraft
Ihn in die bunte Nachbarschaft.
Ob es ein Schwalbennest, ein Tiegel,
ein Käse, Globus oder Igel,
ein Krug, ein Schmuckwerk am Altar,
ein Kegelball, ein Kissen war,
und wem der Gegenstand gehörte,
das war etwas, was ihn nicht störte.
Bald trieb er eine Schweineblase,
bald steife Hüte durch die Straße.
Dann wieder mit geübtem Schwung
Stieß er den Fuß in Pferdedung.
Mit Schwamm und Seife trieb er Sport.
Die Lampenkugel brach sofort.
Das Nachtgeschirr flog zielbewusst
der Tante Berta an die Brust.
Kein Abwehrmittel wollte nützen,
nicht Stacheldraht in Stiefelspitzen,
noch Puffer, außen angebracht.
Er siegte immer, 0 zu 8,
und übte weiter frisch, fromm, frei
mit Totenkopf und Straußenei.
Erschreckt durch seine wilden Stöße,
gab man ihm nie Kartoffelklöße.
Selbst vor dem Podex und den Brüsten
Der Frau ergriff ihn mit Gelüsten,
was er jedoch als Mann von Stand
aus Höflichkeit meist überwand.
[…]
Er rang mit mancherlei Problemen.
Zunächst: Wie soll man Anlauf nehmen?
Dann schiffte er von dem Balkon

sich ein in einen Luftballon.
Und blieb von da an in der Luft,
verschollen. Hat sich selbst verpufft. –
Ich warne euch, Ihr Brüder Jahns,
vor dem Gebrauch des Fußballwahns!

Mit »Witz, Phantasie und Rhythmus« beschrieb Ringelnatz nach Auffassung Andreas Hölls die »große Obsession« und setzte dabei »dem Wald-, Wiesen- und Straßenkick ein [frühes] Denkmal«, während Markus Katzenbach lediglich das sprachliche Experiment und weniger die poetische Spielanalyse als zentralen Gegenstand dieser grotesken Dichtung sah.

Der Ball war nunmehr im literarischen Feld und die Liste derer, die schreibend gegen ihn traten oder sich gar als leidenschaftliche Anhänger eines Teams offenbarten, liest sich wie ein Who is Who der deutschsprachigen Literatur des frühen 20. Jahrhunderts. Fußballsequenzen finden sich etwa in den Werken von Robert Musil, Ödön von Horvath, Friedrich Torberg, Hermann Broch, Joseph Roth und Alfred Polgar und in den Essays von Kurt Tucholsky sowie Egon Erwin Kisch.

Franz Kafka enttarnte sich gar als leidenschaftlicher Anhänger des jüdischen Clubs Hakoah Wien, und es war sicher nicht ausschließlich, wie Dirk Schümer mutmaßt, eine »Instanz wie der Schiedsrichter mit seiner Allmacht, seinem schwarzen Dreß und seiner Trillerpfeife«, die Kafka dabei inspiriert haben mag. Bertolt Brecht – obschon eher dem Boxen anhängend – rühmte den seit dem Ende des Ersten Weltkrieges endlich auch in Deutschland volkstümlichsten Sport gar als »fruchtbarste Kunstform des 20. Jahrhunderts«, während Tucholsky zumindest den »nervenstärkenden« Charakter des Spiels anerkennend vermerkte.

Gewiss, kritiklose Empathie kennzeichnete die wenigsten dieser frühen Beiträge; jederzeit war mit den schneidenden Einwürfen unwilliger Betrachter wie etwa Franz Werfel zu rechnen, der vor allem die ideologische Gefahr der Massenwirkung des Sports beschwor und in seinem Text »Fußball und Nationalismus« 1932 beunruhigt mit Blick auf die Zuschauermengen an den Spielfeldrändern konstatierte:

> Eine Masse von sechzigtausend Menschen Kopf an Kopf, zusammengeschmolzen zu einem kreisrunden Untier. Dieses Untier starrt besessen und ausbruchsbereit in die Arena hinab, wo die beiden Mannschaften ihren Kampf ausfechten. [...] Bei jedem großen Länderwettspiel können Sie das Wesen des Nationalismus in einer grandiosen Zusammendrängung erleben, ja, als Teilchen der Masse werden Sie sich kaum selbst dem Siegesrausch entziehen dürfen. Der Anblick des tobenden Tiers beweist uns, dass der Nationalismus nicht irgendeine erdachte Theorie ist, sondern ein dunkelriesenhafter Affekt, in dem sich die kollektive Eitelkeit, der gereizte Geltungswille der Masse selbst befriedigt.

Werfel nahm die totale Vereinnahmung des Sports durch das nationalsozialistische Regime zwar scharfzüngig vorweg; das von ihm benannte einseitig auf einen ab ovo nationalistischen Impetus des Sports und seinen Massencharakter abhebende Argument verdarb den intellektuellen Diskurs gerade in Deutschland jedoch auf längere Sicht nachhaltig: Fritz Popps' »Frontberichterstattung aus dem Stadion« steht beispielhaft für eine bisweilen exzessive Auseinandersetzung mit der Kriegsmetaphorik des Fußballs:

> Ein Schuß
> und
> toot
> toot
> toot!

In der Zeit zwischen 1933 und 1945 erschöpfte sich die literarische Auseinandersetzung mit dem im übrigen von Hitler wenig geschätzten Mannschaftssport überwiegend in agitatorisch getränktem Schriftgut, das sich in erster Linie dem martialischen Duktus des Fußballkommentars verpflichtet fühlte oder sich in Schmonzetten wie Richard Kirns »Das große Spiel« erschöpfte, dessen Roman immerhin als Vorlage für den 1942 gedrehten ersten deutschen Fußballfilm diente. Das war kein Wunder, schrieben doch deutsche Fußballfunktionäre ihre armselige Semantik unverdrossen fort und rüsteten regimetreu zum Kampf. Martialisch dröhnte es bei Carl Koppehel ins seinem 1943 veröffentlichten Lehrbuch »Fußball in Technik und Taktik«, das vor allem die »erzieherische Aufgabe« des Mannschaftssports betonen wollte:

> Fußball ist Gemeinschaftskampf; die Strafe gegen den einzelnen trifft die Mannschaft. Hierin liegt die Grundlage zur Weckung des Gemeinschaftsgefühls. Der Fußballsport verlangt Einordnung des einzelnen in seine Mannschaft, verlangt Gehorsam und Pflichttreue. Der Gemeinschaftsgeist schafft allein die Leistung, weil der einzelne im Kampf gegen alle auf verlorenem Posten steht.

Geradezu wohltuend dagegen eine Ausnahme wie Karl Valentin mit seiner literarischen Farce »Fußball-Länderkampf«, die mit der gleichermaßen verspielten wie zutreffenden Feststellung schloss, dass eine »Partei« gewonnen habe, während »die andere Partei [...] den Sieg verloren« habe: »Es war vorauszusehen, dass es so kam.« Aus dem noch nicht ›angeschlossenen‹ Wien meldete sich 1937 Ödön von Horváth mit einer Fußballsequenz in seinem Roman »Jugend ohne Gott«, in der er den Enthusiasmus der Stadiongänger kenntnisreich seziert:

> Wenn der Rechtsaußen den linken Half überspielt und zentert, wenn der Mittelstürmer den Ball in den leeren Raum vorlegt und der Tormann sich wirft [...], dann existiert für den Zuschauer nichts auf der Welt, außer dem Fußball, ob die Sonne scheint, obs regnet oder schneit. Dann hat er alles vergessen.

Die ideologisch determinierte deutsche Sportwelt der 1930er und 1940er Jahre bot jedoch auch dramatischen Stoff, exemplarisch nachzulesen in Friedrich Torbergs Gedicht »Auf den Tod eines Fußballspielers«. Der Wiener Autor verarbeitete die tragische Geschichte Mathias Sindelars, der kongenialen Stütze des Österreichischen Wunderteams, das zu Beginn der 30er Jahre mit dem als »Scheiberln« bezeichneten schnellen und direkten Passspiel die europäische Fußballbühne prägte und dabei auch die deutsche Elf zweimal – mit 6:0 und 5:0 – deklassierte. Im ersten und einzigen Aufeinandertreffen zwischen Deutschland und Österreich nach dem ›Anschluss‹ 1938 spielte Sindelar noch einmal groß auf und machte die deutschen Verteidiger in der von der Nazi-Propaganda zum »Glaubensbekenntnis der Fußballer im großdeutschen Reiche« stilisierten Partie ein ums andere Mal lächerlich. Seine Weigerung, im ›großdeutschen‹ Team zu spielen, sowie seine Ehe mit einer Halbjüdin nährten bei seinem Tod 1939 Vermutungen über ein Mord-Komplott der Gestapo, die Torberg zu seinem bewegenden lyrischen Nachruf inspirierten:

> Er war ein Kind aus Favoriten
> und hieß Mathias Sindelar.
> Er stand auf grünem Plan inmitten,
> weil er ein Mittelstürmer war.
>
> Er spielte Fußball, und er wusste
> vom Leben außerdem nicht viel.
> Er lebte, weil er leben musste,
> vom Fußballspiel fürs Fußballspiel.

> [...]
> Von einem einzigen, harten Tritte
> fand sich der Spieler Sindelar
> verstoßen aus des Planes Mitte,
> weil das die neue Ordnung war.
> [...]
> Das Tor, durch das er dann geschritten,
> lag stumm und dunkel ganz und gar.
> Er war ein Kind aus Favoriten
> und hieß Mathias Sindelar.

Die kulturelle Zäsur des Zusammenbruchs nach 1945 ließ die Kluft zwischen dem Volk, und damit auch dem Volkssport, und seinen Dichtern zunächst wieder wachsen. So leistete Wolfgang Koeppen in seinem ansonsten doch zu Recht gerühmten »Treibhaus« einen Offenbarungseid in Sachen ›rundes Leder‹:

> Spannung liegt über der Fußballarena in Köln. Der Erste Fußballclub Kaiserslautern spielt gegen den Ersten Fußballclub Köln. Es ist belanglos, wer siegt; aber zwanzigtausend Zuschauer beben. Der Verein Borussia Dortmund spielt gegen den Hamburger Sportverein. Es ist völlig gleichgültig wer siegt; niemand wird deshalb hungern, weil Hamburg gewinnt, niemand wird entsetzlich sterben, weil Borussia mehr Tore schießt; aber zwanzigtausend Zuschauer beben.

Im miefigen gesellschaftlichen Aufbauklima der Adenauer-Ära erschien insbesondere der WM-Sieg von Bern 1954 als »Katalysator der Verdrängung«, der aus Sicht vieler Intellektueller gleich mit drei Tabus ihres durch die faschistische Erfahrung geschärften »kritischen Bewusstseins« brach: dem Bekenntnis zum ›Siegen‹, der Identifikation und der Nation. Ganz der – nur neun Jahre nach Ende des Zweiten Weltkrieges verblüffend unbefangenen – nationalen Pathostradition des Fußballverbandes verhaftet, stammelte DFB-Präsident Peco Bauwens auf dem Empfang für die ›Helden von Bern‹ enthemmt vom Sieg des »gesunden deutschen Volkstums«, der auf dem »Führerprinzip« beruht habe, so dass sich Bundespräsident Heuss genötigt sah, Bauwens öffentlich zurechtzuweisen. Noch in Friedrich Christian Delius 1994 erschienener Erzählung »Der Sonntag, an dem ich Weltmeister wurde« war neben unverhohlener Begeisterung für das Spiel das Unbehagen des Autors über die nationalistische Begleitmusik des ersten deutschen WM-Titelgewinns spürbar.

Nur langsam näherte sich die schreibende Zunft in Deutschland dem verpönten Sujet wieder an. Als etwa Albert Camus in Frankreich längst offen gestanden hatte, dass er all sein Wissen über die menschliche Moral aus dem Fußball geschöpft habe, und Friedrich Dürrenmatt enthüllte, er könne nach einer Niederlage seiner Grashoppers aus Zürich eine Woche nicht schreiben, predigte Heinrich Böll wider »das verfluchte, stundenlange Fußballspielen«, um an anderer Stelle kleinlaut einzuräumen, dass die Spiele des 1. FC Köln »immer spannend, gute Unterhaltung« seien. Ähnlich verworren raunte Günter Grass 1956 in seinem Gedicht »Nächtliches Stadion«:

> Langsam ging der Fußball am Himmel auf.
> Nun sah man, dass die Tribüne besetzt war.
> Einsam stand der Dichter im Tor,
> Doch der Schiedsrichter pfiff: Abseits.

Grass degradierte den Ball zum metaphorischen Subjekt, das lediglich den Blick auf die Weltentfremdung des Poeten freizugeben hatte.

Ähnlich weltfremd, doch geradezu schwärmerisch erscheint indessen der ideologisch bestimmte Ansatz, der in der DDR zur selben Zeit vom dichtenden Genossen Johannes R. Becher vorgetragen wurde. In seinem emphatischen Epos »An die Dichter« tönte es sozialistisch staatstragend:

Dichter
Trainiert euch im Schwimmen,
Übt euch im Weitsprung,
Im Kugelstoßen!
Laßt eure Verse teilnehmen
Am Sportfest,
Bekränzt mit ihnen
Den Sieger,
Der Weltmeister
Zeige sich
Im Glanz
Eurer Strophen!

Trotz solcher kulturpolitischer Vorgaben blieb der literarische Fußball-Diskurs im zweiten deutschen Staat vorerst eher defensiv, angesichts überwiegend bescheidener Ergebnisse der DDR-Kicker zumal auf internationalem Parkett nicht weiter verwunderlich. Der Fußball diente allenfalls als willkommene Rahmenhandlung, wie etwa in den Kriminalromanen »Der Mörder saß im Wembley-Stadion« oder »Rotes Elfenbein« von Erich Loest, auch wenn Johannes R. Becher die Zweitklassigkeit der ostdeutschen Teams nicht einsehen wollte und in seiner »Macht der Poesie« 1955 von der glänzenden Zukunft des sozialistischen Fußballs fabulierte, der sich »exakter wissenschaftlicher Methoden« bediene, ohne dabei zu bedenken, dass eben gerade die Unberechenbarkeit dieses Sports seine eigentliche Faszination ausmacht. Zumindest satirischen Stoff birgt so manche Sonderheit des zentralisierten Fußballs in der Deutschen Demokratischen Republik: So führte die Reglementierung des Spielbetriebs zu kuriosen Vereinsnamen wie Sachsenobst Dürrweitzschen, Aktivist Schwarze Pumpe oder Fortschritt Weißenfels.

In Westdeutschland schließlich war es der junge Peter Handke, der wortmächtig das Spielfeld betrat und der Literatur wieder sportliche Perspektiven eröffnete. Doch Handke fand eher über Krampf zum Spiel: Seine fundamentale Ahnungslosigkeit in der Sache zeigte etwa der Titel »Die Angst des Tormanns beim Elfmeter«. In aller Regel ist es selbstredend der Schütze des Strafstoßes, der Angst empfindet – eine Binsenweisheit nicht erst seit dem Auftreten des ›Torwarttitans‹ Oliver Kahn.

Bereits 1965 hatte Handke im Auftrag des Österreichischen Rundfunks über »Die Welt im Fußball« räsoniert und war dabei scheinbar tief ins Seelenleben des runden Leders vorgedrungen:

> Der Fußball hat eine Seele. Sie ist schlaff und leblos, wenn keine Luft in ihr ist. Wird Luft in sie gepumpt, so bläht die Seele des Fußballs sich auf; sie ist zwar dem Anschein nach noch tot, aber schon bereit, sich zu bewegen und bewegt zu werden. Ist die Seele des Fußballs mit Luft angefüllt, so kann der Fußball bewegt werden. [...] Der Ball, dessen Gummiseele mit Luft gefüllt ist, kann von Körpern bewegt werden, die sich von sich aus bewegen und also auch ihre Bewegung den Gegenständen mitteilen, so dass diese bewegt werden. [...] Die Kugelform des Fußballs ist gerade zu einem Symbol des unberechenbaren Zufalls geworden.

Über den Sinn dieser Zeilen besteht in der Kritik keine Einigkeit: Helmut Böttiger adelt das Prosastück zu einer Sujet-Beschreibung von »seltener Genauigkeit«. Für Michael Pöppl entlarvt sich Handke indessen mit diesem abstrakten Text als »Fußballunkundiger und Ästhetizist«, was allein der Umstand nahe legt, dass er in gedruckter Form in der Sammlung »Ich bin ein Bewohner des Elfenbeinturmes« veröffentlicht worden ist. Handke beichtete denn auch Anfang der siebziger Jahre, er habe

Geld gebraucht, sich daher die 300 Schilling für diesen fünfzehnminütigen Beitrag »eher zusammen geschwindelt«, womöglich um sich nicht einem noch immer als peinlich empfundenen Verdacht von Empathie für das Spiel auszusetzen. Sein Text steht dessen ungeachtet für einen Neuanfang in der ambivalenten Beziehung zwischen Ball und Blatt im deutschsprachigen Raum.

Andere Autoren wie Ror Wolf oder Eckhard Henscheid litten weit weniger Gewissensqualen und offenbarten in ihren Texten flammende Begeisterung für das Spiel mit dem Ball. Nicht zuletzt die Aufbruchsstimmung der Epoche ebnete dafür die Bahn. Die Bundesrepublik hatte sich zum ökonomischen, sozialen und gesellschaftlichen Erfolgsmodell gewandelt. Der Reformgeist der sozial-liberalen Koalition seit 1969 spiegelte sich in verblüffender Weise in den Leistungen der deutschen Nationalelf. Schon bei der WM 1970 in Mexiko, erst recht aber in den Spielen der Europameisterschaft 1972 hatten die deutschen Fußballer eine nie zuvor sichtbare technische Brillanz und spielerische Eleganz an den Tag gelegt. »Netzers Pässe atmeten den Geist der Utopie«, konstatierte etwa der Publizist Karl-Heinz Bohrer verzückt angesichts der für deutsche Augen ungewohnt mediterran daherkommenden Fertigkeiten des Mönchengladbacher Mittelfeldstars. In jener Zeit erlebte der Typ des kreativen Spielmachers eine Blüte, der ein Spiel – wie es nun hieß – zu lesen vermochte.

Einen jungen niedersächsischen Schriftsteller werden – neben dem Berner Helden Fritz Walter – sicher auch Spielertypen wie Beckenbauer oder Netzer inspiriert haben, als er sich in seinem 1974 veröffentlichten autobiographischen Erstlingswerk »Das Internat« von den Ballkünsten seines Mitschülers Rainer verzaubern lässt:

> Von ihm lernte ich alle Feinheiten wie Effetschüsse, Hackentricks, Fallrückzieher, Stoppen mit der Brust

> und mit dem Spann. Dazu brachte er mir noch taktische Feinheiten im Spiel bei, denn er war der Regisseur unserer Heimmannschaft [...], zum Beispiel das Zurücklaufen mit dem eng geführten Ball mit folgender plötzlicher Wende und weiter Flanke, die die gegnerische Abwehr aufreißen sollte, das geschickte Balldecken beim Laufen durch beidfüßiges Führen und das rechtzeitige Schießen auf das Tor, das er wie kein anderer beherrschte; nämlich nicht zu versuchen, alle gegnerischen Verteidiger zu umspielen, sondern in dem Moment zu schießen, wenn die gegnerische Verteidigung noch einen Trick, ein kurzes Dribbling erwartet. Platziert dann schießen, wenn der Torwart den Abschluß nicht sehen konnte.

Hier sprach – im Gegensatz zu den bis dato eher hölzernen Betrachtungen anderer Autoren – ein kenntnisreicher Erzähler, der wenige Zeilen später gar ins Schwärmen geriet:

> Am allergrößten waren aber seine Pässe, und das obwohl er in Mathematik eine ziemliche Null war. Er zirkelte, schlug, schob, hob und flankte den Ball immer genau schussgerecht vor die Füße seines Mitspielers. Nie spielte er einen Mitspieler direkt an, so dass dieser stehen bleiben musste, oder flankte gar in seinen Rücken. Oberstes Gebot für ihn war die Weiterbewegung aller, und dazu zwang er uns durch seine klugen Pässe, die regelrecht liegen zu bleiben schienen genau auf dem Punkt, an dem man sie erreichen sollte.

Die überraschende Spieleröffnung, der weite, Raum öffnende Pass in die Tiefe, kurz das Spiel mit Hirn – war ganz offensichtlich die Leidenschaft Hugo Dittberners, die auch in seiner 1990 veröffentlichten Kurzgeschichte »Der Hauptgewinn – Ein italienisches Fußball-Märchen« exemplarisch hervortritt:

> [Netzer] ist für die, die ihn gesehen haben, wie ein Schlüssel, ja die Offenbarung, die entscheidende, die Spiel entscheidende Erfindung, wie Beckenbauers Vorbeijonglieren des Balles an einem kleinen Menschenauflauf, wie Gerd Müllers blitzschnelles Trittchen vorm Tor, Sepp Maiers düster ausgebreitete Fangarme, Uwe Seelers Salto rückwärts nach vorn: das sind die Gebärden, in denen die Einbildungskraft zündet, die wie Magnete die Konstellation der Teilchen auf dem Feld verändern, der Veränderung Raum geben, die erogenen Zonen zeigen... Es ist, sagt Martin, das Repertoire des Unvermuteten, das mich so unwiderstehlich anzieht, der Sieg über die wohlbedachten, geordneten Verhältnisse, die neue Schöpfung ....

Hier zeigt sich nicht nur ein souveräner Erzähler; Dittberner lässt ferner en passant die jüngere deutsche Fußballgeschichte kenntnisreich Revue passieren und entpuppt sich als enthusiastischer Liebhaber »dieser großen Oper in kurzen Hosen« (Johannes Drexler). Und gerade dem Bekenntnis zur bedingungslosen Leidenschaft für den weltweit populärsten Sport entsprangen stets die eindringlichsten literarischen Zeugnisse. Salman Rushdie, bekennender Anhänger der Tottenham Hotspurs, räsonierte sein eigenes Fan-Dasein so:

> Der wahre Fußballfan ist der Clubfan, für den Beständigkeit genauso selbstverständlich ist wie Loyalität in schlechten Zeiten und dem kleine Freuden großen emotionalen Lohn bringen. [...] Das ist es, was es bedeutet, Fan zu sein: auf ein Wunder zu warten, Jahrzehnte der Desillusion zu ertragen und dennoch keinen Moment in seiner Loyalität zu wanken.

Hugo Dittberners Loyalität etwa gilt Hannover 96; ein Verein, über den Reinhard Hesse aus dem spezifischen Blickwinkel seines Münchener Exils schrieb:

> Mag die Karriere im Exil rasanter vorangehen, das Liebesleben mehr Abwechslung bieten – die Bindung an seinen Fußballverein wird der Auswanderer nicht los. Ja, mit der Zeit entpuppt sie sich als letzte und widerstandsfähige Reminiszenz an das Vorleben. Der Exilierte vergisst die einstigen Nachbarn und Freunde, die Topographie der Heimatstadt verblasst, doch nie wird ihm sein Klub gleichgültig werden. Eher noch wächst mit der Entfernung diese zwanghafte Anhänglichkeit, die sich keinesfalls umleiten lässt auf andere, bessere, erfolgreichere Mannschaften.

Der Fußball als ›mental map‹ des Ortes der eigenen Adoleszenz? Zumindest scheint er ein Restbedürfnis nach »Erdung« (Moritz Rinke) in zunehmend unübersichtlicher Zeit zu bedienen. Für Hesse schuf sein Verein Momente dauerhafter Erinnerungen, die sich retrospektiv, mit Javier Marias zu sprechen, als verklärte permanente »Rückgewinnung der Kindheit« und Jugend dekuvrieren:

> In jenen Jahren, da unsere Begeisterung entflammte, hielt sich 96 im Mittelfeld der Bundesliga, lieferte den Großen der Liga große Spiele, vor allem daheim im Niedersachsenstadion, wo Stadionsprecher Werner Seide die Mannschaftsaufstellungen unverwechselbar »Hannöversch« intonierte: »Staahnwedel, Bohnsäck, Nix, und mit der Nummer ölf: Bändura!« Vielleicht war Fußball damals ja wirklich authentischer, ohne Trikotwerbung und Rundumbeschallung durch die Sponsoren, ohne Rasenheizung, Superzeitlupe und Verdis Triumphmarsch nach dem Kopfballtor.

Wir müssen uns den älteren 96-Anhänger vorstellen, wie er am 28. Juni 1964 das 3:1 der »Roten« gegen Hessen Kassel, und damit den erstmaligen Aufstieg in die Eliteklasse des deutschen Fußballs bejubelt, in der Folgezeit die Treffer von Hans Siemensmeyer, Walter Rodekamp,

Jupp Heynckes oder Josip Skoblar der von ›Fifi‹ Kronsbein, ›Cik‹ Cajkovski oder Horst Buhtz trainierten 96er hemmungslos bejubelt, sich in den Jahrzehnten danach emotional gründlich in den Leidensweg einer Fahrstuhlmannschaft zwischen Erster und Dritter Liga verstrickt und dabei jegliches »interesselose Wohlgefallen« vermissen lässt, das Pierre Bourdieu als »elementare Norm der gebildeten Welt« beschreibt.

Mit einem Fußballclub sozialisierte Enthusiasten werden in aller Regel zeitlebens nicht mehr wider ihre Vereinsfarben urteilen können, das hat niemand eindrucksvoller festgehalten als der britische Autor Nick Hornby in seinem kongenialen autobiographischen Roman »Fever Pitch – Ballfieber«:

> Ich verliebte mich in den Fußball, wie ich mich später in Frauen verlieben sollte: plötzlich, unerklärlich, unkritisch und ohne Gedanken an den Schmerz und die Zerrissenheit zu verschwenden, die damit verbunden sein würde.

Hornbys literarischer Coup setzte Maßstäbe; in der von ihm dargebotenen Prosa liegt wohl ein besonderer Reiz für eine zukünftig lukrativere Verknüpfung von Literatur und Fußball auch in deutscher Sprache. Thomas Brussig, erst vor Kurzem mit der Fußballerzählung »Leben bis Männer« hervorgetreten, bestreitet zwar die Kunstfähigkeit des Fußballs, gesteht sie jedoch zumindest der Erinnerung an ihn zu. Ein so abgeklärter Intellektueller wie Walter Jens gestand schon 1974, dass er die Mannschaftsaufstellung seines im Kindesalter verehrten TV Eimsbüttel noch memorieren könne, wenn er den letzten Goethe-Vers längst vergessen habe. Dass sich in der Erinnerung manches verkläre, stritt Jens erst gar nicht ab; auch für ihn ist die Leidenschaft für den Fußball als anhaltende Rückgewinnung von Kindheitserlebnissen zu verstehen:

> Als ich zur Schule ging, war alles ganz einfach: Das Identifikations-Objekt hieß TV Eimsbüttel; die Heroen, zu denen ich aufsah, waren Gemüsehändler (Nationalspieler Hans Rohde, ein- und ausgehend im elterlichen Geschäft), Eisverkäufer (Herbert Panse, Nationalspieler auch er) […]. Die Stars, mit einem Satz, waren Menschen, die man in der Straßenbahn ansprechen konnte.

Vladimir Nabokov sah den Fußball in seiner Jugend als »windige Lichtung inmitten einer ziemlich wirrnutzlosen Zeit« während seines Aufenthaltes am Trinity College im englischen Cambridge. Und für Robert Gernhardt sind Fußballpartien, ohne dass er sich eines vergleichbaren Erinnerungsschatzes bedienen könnte, »Ereignisse, die das Gedächtnis strukturieren«, und er reimte prompt angesichts der aus deutscher Sicht desaströsen Europameisterschaft 2000:

> Ich hab' es noch erlebt
> Wir war'n einmal die Größten
> Sollen wir fortan
> Im Kick-Inferno rösten?

Dass Fußball in toto eine Kunst sei, »die ihre dauerhaften Werke vor allem für unsere Erinnerung« schaffe, wie Paul Ingendaay im Vorwort zur Marias' Fußball-Stücken »Alle unsere früheren Schlachten« mutmaßt, ist aber wohl doch übertrieben; der Fußball ist eben auch und zuvörderst ein in den Worten des Schweizer Schriftstellers und Anhängers von Servette Genf, George Haldas, stets aktuelles »Gegengewicht zur Plackerei des privaten Lebens; Schauspiel und flüchtiges Teilhaben an einigen Augenblicken der Inspiration und der Freiheit […]«.

Eine ganz andere Art literarischer Erinnerungskultur lieferten Jürgen Roth und Wolfgang Herrndorfer 1998 im ersten Band ihrer natürlich nie fortgesetzten Werkausgabe des Sportreporters Heribert Fassbender. Die Wiedergabe des Reporterkommentars während der Europameisterschaftspartie Italien gegen Deutschland 1996 enthüllt das poetische Potential der aufdringlichen Sportreportage unserer Tage – ein Auszug:

> Freistoß für die Italiener, Torentfernung fünfundzwanzig Meter,
> Zola macht das.
> Mussi.
> Ziege.
> Häßler.
> Klinsmann!
> Casiraghi.
> Strunz, der früher mal in Stuttgart war und jetzt natürlich wieder bei Bayern spielt. Helmer, Freund.
> Und Zola in Abseitsposition.
> Andy Möller.
> Klinsmann.
> Mussi.
> Bobic stört. Regelwidrig.
> Carboni. Kommt vom AS Rom.

Ad finitum, vulgo Schlusspfiff.

In dieser konkret poetischen Form hatte bereits Peter Handke dem Fußball gehuldigt. In seinem ›Gedicht‹ »Die Aufstellung des 1. FC Nürnberg vom 27.1.1968« hieß es schlicht:

Wabra
Leupold Popp
Ludwig Müller Wenauer Blankenburg
Starek Strehl Brungs Heinz Müller Volkert

Spielbeginn:
15 Uhr

Christoph Dieckmann zählt den Text nicht ohne Respekt »zu den übersichtlichsten Dichtungen der abendländischen Literatur«. Dagegen rätselt Michael Pöppl, ob es sich um einen »Gebrauchstext« oder gar »readymade im Sinne von Duchamps« handele, um dann zumindest indigniert festzuhalten, dass die zitierte Aufstellung nicht einmal authentisch sei, da statt Leupold Hilpert gespielt habe.

Der Fußballvirus hat mithin, das belegen die wenigen ausgewählten Beispiele, längst die Literaturszene auch in Deutschland erfasst, ohne freilich Umfang und Qualität des englischsprachigen Genres zu erreichen. Dies gilt, auch wenn es bis in unsere Tage keinen wirklich großen »Fußballroman von Rang« gibt und Dirk Schümer in seiner bemerkenswerten Studie »Gott ist rund. Die Kultur des Fußballs« zu dem Schluss kommt, dass »sperrige Texte aus unsinnlichen Buchstaben zu schwach« seien, das »Gesamtkunstwerk« Fußball abzubilden. Wir werden wohl auf längere Sicht auf gleichermaßen scharfsinnige wie lesbare deutsche ballorientierte Prosa warten müssen, die auch von der wichtigsten Zielgruppe, den Fans, goutiert wird. Als sich im Januar 2004 eine Fußball-Erzählung von Rainer Merkel ins Internet-Forum des 1. FC Köln verirrte, reichten die Reaktionen von einem müden »ganz o.k.« bis zur erbosten Feststellung, man habe es weder mit Fußball noch mit Literatur, vielmehr mit »langweilige[m] Geseire« zu tun, dass weder an Dermot Bolgers »In High Germany« noch an Hornbys »Fever Pitch« heranreichen könne.

Und doch erliegen mehr und mehr Schriftsteller der Versuchung, sich in jeder nur denkbaren literarischen Form zum führenden sportlichen Massenphänomen zu äußern. Der Österreicher Franzobel sieht in seinen »Gebeten an den Fußballgott« das apolitisch Verbindliche als wesentliche Ursache für den Nimbus dieses Sports:

Ist es also ein Trieb nach Sippe, nach Gemeinschaft, menschelnder Wärme und Brut, der die Anhänger zu den Vereinen strömen lässt, die Menschen für den Fußball interessiert? Ich vermute es. Wird doch hier eine Ordnung vorgelebt mit einem System von Gut und Böse, einigermaßen festen Regeln, einer in Punkten messbaren Zählbarkeit, die in vielen anderen Segmenten der Gesellschaft ins Wanken, Umspringen und Undeutliche geraten ist. Im Fußball steht sie fest. Es gibt eine Tabelle, Nah- und Fernziele, den Abstiegskampf, die Meisterschaft. Und das ist wohl ein weiterer Punkt, der diesen Sport so populär macht – auch und gerade unter Schriftstellern: man kann darüber reden, ohne sich gleich zu veräußern. Fußball bietet Stoff, sich zu äußern, ohne etwas sagen zu müssen. Man kann Farbe bekennen, ohne sich deshalb gleich in eine Haltung zu versteifen.

Fußball, so scheint es, gibt mehr und mehr Intellektuellen Gesprächsstoff jenseits ideologischer oder stilistischer Abwehrmauern; auch für sie bietet der Sport die Möglichkeit »sich brüllend über die Grenzen des Daseins hinwegzusetzen« (Albert Cohen) oder wie der Sportjournalist Christoph Biermann unlängst konstatierte, den Kopf zu leeren:

> Radikal und komplett. […] Für neunzig Minuten gibt es kein Grübeln und keine Gedanken, die über das Spiel hinausgehen. Neben der leicht schwebenden Leere ist nur noch für ganz einfache Fragen Platz.

Holen die literarisch Ambitionierten endlich nach, was für die Arbeiterklasse bereits zu Beginn des 20. Jahrhunderts ergründet wurde: die Schaffung eines neuen Kommunikationscodes, einer eigenen Weltsicht aus dem Spielgeschehen heraus? Bereits 1901 sah ein schottischer Beobachter diesen sozialpsychologischen Aspekt der

Popularisierung des Fußballs auf der britischen Insel. Mit Blick auf das Glasgower Stadt- und Sportleben stellte er fest, das »Beste am Fußball« sei, den »Arbeitern ein Gesprächsthema gegeben« zu haben. Die Tradition des ›social drinking‹, des exzessiven Alkoholgenusses nach langem und hartem Arbeitstag in einem der zahllosen Pubs und Kneipen englischer oder deutscher Industriestädte, wurde abgelöst durch eine Form der verbalen Kommunikation, deren Inhalt von Siegen und Niederlagen, Aufstiegen und Abstiegen, Mannschaftsaufstellungen und taktischen Formationen der lokalen Fußballclubs geprägt war. Nach einer lang andauernden Phase der vorsichtigen Annäherung an das Sujet, die oft letztlich fehlendes Verständnis für die Faszination des Fußballs kennzeichnete, scheint seit einigen Jahren die »emotionale Mindestdistanz« bei vielen Autoren gefallen zu sein. Insofern sind gerade in diesem Zeitraum einige vielversprechende Ansätze, so die bereits erwähnten Texte von Friedrich Christian Delius und Thomas Brussig, aber auch Andreas Gläser mit seiner autobiographischen Prosa in »Der BFC war schuld am Mauerbau«, zu verzeichnen, die uns doch die Hoffnung auf den großen deutschen Fußballroman zu erhalten vermögen.

Im Abseits stehen heute in der Tat diejenigen Autoren, die weiterhin in distinguierter Entrücktheit ihre Ressentiments gegenüber dem als Proletensport diskreditierten Spiel pflegen. Mit unverhohlener Häme erfreuen sich die unsportlichen Sprachkünstler mitunter an den linguistischen Eigentoren einiger weniger Profis, etwa dem Bonmot des Stürmers Bruno Labbadia, man möge Dinge nicht »hochsterilisieren«, der Feststellung des Mittelfeldspielers Andreas Möller, es sei egal, ob er nach Mailand oder Madrid wechsle: »Hauptsache Italien!«, der Furcht Karl-Heinz Rummenigges vor der »gefährlichen Parabole« vors Tor, der Erklärung des verletzten jüngeren Fritz Walter, man habe ihm »eine Invasion gelegt« sowie – besonders beliebt – der Sentenz Mario Baslers, er lerne »nicht extra französisch für die Spieler, wo unsere Sprache nicht mächtig sind«. Abgesehen von solch groben Schnitzern liegt doch selbst in der vermeintlichen Trivialität der Fußballersprache noch eine Chance zur literarischen Verwertung, wie Robert Gernhardt unlängst beispielhaft aufzeigte:

> Ich glaube, die ersten hundert Seiten bin ich ganz gut ins Spiel gekommen. Auf den nächsten fünfzig Seiten habe ich dann ein bisschen nachgelassen, aber dann, glaube ich, bin ich wieder gut in den Roman gekommen. Insgesamt bin ich mit mir zufrieden. Aber beim nächsten Buch muss ich sehen, dass ich über die ganze Zeit meine Leistung bringe.

Oder in den Worten Huub Stevens nach einer Mannschaftssitzung des von ihm trainierten FC Schalke 04: »Es sind Worte gefallen, jetzt müssen Taten fallen!«

Über den Autor

Andreas von Seggern, geb. 1967 in Oldenburg, Dr. phil., Referent für historisch-politische Bildung der Otto-von-Bismarck-Stiftung, Friedrichsruh. Studium der Neueren Geschichte, Politikwissenschaft und Wirtschaftspolitik in Münster und Italienisch in Perugia. Veröffentlichungen zur Zeitgeschichte, der Geschichte des 19. Jahrhunderts, der Geschichte des Fußballs sowie zur Oldenburger Regionalgeschichte.

Bibliografische Information Der Deutschen Bibliothek

Die Deutsche Bibliothek verzeichnet diese Publikation in der Deutschen Nationalbibliografie; detaillierte bibliografische Daten sind im Internet über http://dnb.ddb.de abrufbar.

www.wallstein-verlag.de
Vom Verlag gesetzt aus der Sabon
Umschlagvignette: Thomas Müller
Druck: Hubert & Co, Göttingen
ISBN-10: 3-8353-0034-2
ISBN-13: 978-3-8353-0034-7

Göttinger Sudelblätter

Herausgegeben von
Heinz Ludwig Arnold

Andreas von Seggern
Ins Abseits dichten?
Fußball literarisch